歌集

おもあい

中村ヨリ子

現代短歌社

目次

第一部　緋寒桜

おもあい

第一部　緋寒桜

夾竹桃

さるすべり風に舞い散る昼下がりセルの着物の母のまぼろし

母危篤　詫びねばならぬことありて悔いつつ一夜を泣き明かしおり

点滴の減らされ命終迫りたる母の手足の爪の伸びくる

改めて説明しますと医師は言いカンファレンスルームの灯りは消えず

脳死かと問えばようやく頷きてただに黙して医師若かりき

父が搗き母が捏ねたる餅に似る脳死の母のぽやぽやの肌

刻々と指の先から青ざめて母の体は死者となりゆく

戦地より還りし父の第一声「いたのかだった」と母は言いにき

擦り切れて擦り切れてもなお身に着ける作業着に母を偲ぶか父は

わが心映すがごとき空模様四月なれども雪降る会津

母逝きて米寿迎えし祖母《おおはは》は逆縁を恥じ祝いを拒む

何燃やす煙か知らず不気味なる黒煙基地の中より上がる

炎天に毒しのばせて紅白の夾竹桃は基地隠し咲く

夕立の中に入り日の見えながら南の島の夏暮れんとす

母なきわれに

わが活けし花みな抜きて活けなおし私が上手と笑まう姑

骨折の義母の介護に子を連れて入間《いるま》の病院に五十日間

一歳半の子連れ付添う特別室ソファーベッドもあると義母言う

見上げつつもっとしっかり良く拭けと怪我なればこそ義母は強がる

核家族育ちの義母は姑の学習せずに姑となり

覚め際の夢にまでわれ叱られてきょう一日の鬱なる予感

苦役なる時を過ぐすに空想に遊べと母は教えたまいき

曇り日の夕暮れ居間にわれひとりゼンマイ仕掛けの梟歩ます

母逝きし病と同じ胆嚢の手術ためらう　父に告げ得ず

姑は手術は実家でして来いと事も無げなり母なきわれに

舅姑《ちちはは》の病気も怪我も介護せしわれへのことば予想通りの

あなたまで実家に帰れと言うのかと夫を詰りつことば激しく

入院の間わが家の手伝いは姉のようなる義叔母に依頼す

郡山までの交通費差し引いて残りは見舞いと義叔母は帰りぬ

磁器婚

本棚の隙間この頃多くなりカフカ、ニーチェも子らが読むらし

組む足の先にかけたるスリッパの動きにわかる吾子の苛立ち

家庭という諸悪の根源絶ちたしと洩らす齢の乙女となりぬ

吹き抜けの手摺りに残る幼児の歯のあと小さきままに古りたり

朝帰りしてもいいかと聞く夫よ何を聞くのか　帰れ　帰るな

夫とわれ七月五日は磁器婚のまだまだ脆き間と気づく

帰り来し夫のシャツには自らに吸わぬたばこの臭い染みおり

今年より重責担う君なればますます隔たるあなたとわたし

電灯を消したるのちはさらに濃し昼刈り終えし芝生の匂い

独活

軍用機の爆音昨夜は激しくて隈なく見入る今朝の新聞

基地内に掲げる国旗大小と違いのあるを知りたりきょうは

夕されば基地の国旗は降ろされてポール二本の白く際立つ

基地内も大売出しは同じらし並びはためく幟が赤い

手を止めず頷きおればよく聞けと卓を叩きて義母は席立つ

古稀近き義母は五年のローン組み老後資金はこれが済めばと

耐え難きことに出合えど演ずると思えば心少し安らぐ

参観日服も着物も下がりなら着物にしてと言う子に従う

午前三時厨に立ちて夕食というには遅き卓整えき

価値観を違えるままの同居にて連立政権のごとき危うさ

母逝きて父より届く宅配便きちんと並び隙間もあらず

抜くために父の力の加わりしあたりが太き山の独活なり

ふるさとの季節も父のやさしさも二日のうちにともに届きぬ

秋の始まり

去年の夏手術を終えしわれを見る老いの深まる父の面差し

休耕の田に植えられしりんどうの青紫は冷夏に冴ゆる

みちのくの短き夏を急かすごと見渡す限りのりんどうの青

如月の月照る宵に舞う雪の幻のごとさるすべり散る

熊注意のアナウンスあるふるさとの八月十五日は秋の始まり

屍となりたる母を乗せ帰るアイスバーンの道を忘れず

子に代わり感電死するわれの夢　ひと月の後母みまかりぬ

軍隊にありにし日々を黙し来て父は語りき母逝きし夜に

父母の四十六年の生活に戦に裂かれし四年半あり
青空に群れなす鳥の翻り向き変うる時光を放つ

『おもろさうし』

塾に行く子の送迎を口実に癌病む友を度々見舞う

姑の急にやさしくなりたると言い来し友は癌と知らざる

にこやかに演ずるごときひと時を過ぐし涙をこらえて帰る

亡き母も逝きたる友も「私よりあなたの方が大変」と言いき

悲しみはふいに込みあぐ街行けば街に残れる友の思い出

ゆくゆくは共に学ばんと語り来し『おもろさうし』が本棚にあり

秋深み一日花の大輪のハイビスカスは二日を保つ

体やすめよ

気高さと触るれば落つる危うさと合わせ持ちたり寒の牡丹は

ひとり増え二人増え来しわが家族娘の上京は減りはじめなり

わが乳房欲るときいつもひくひくと動きし唇ふと思い出す

惚けゆく義父を励まし声高になりたる義母も物忘れする

車とう個室に入りて号泣す義父と義母との罵声をあびて

栓開き尿捨つる時鼻つまみ早くせよとの仕草する義父

一切の羞恥矜持の失せにしや紳士でありしこの義父にして

義父眠る間に体やすめよとナースはわれを労りくるる

付添いの交替として義母は来ぬ髪をセットしスーツ纏いて

小半時身を休めんとスーパーの地下駐車場に眼瞑れり

基地側の窓の二面を覆うごと機影がよぎる普天間基地へ

庭にハブ空に軍用機と怯えつつわが家といえども安らかならず

開かれし窓にはあらず島は島　海越えて行くすべ持たざれば

擬制なる父

爪切れと言うことはせず靴下の破れに触れてそを促さる

彎曲の爪の形よ義父と子と繋ぐ血のある証のごとく

看取りつつ嘆かう義母への慰めのことばがふいに叱責をかう

舅姑《ちちはは》の罵りを受け総身の毛は逆立ちぬ獣めくごと

失禁の始末を終えて双の手を淡き香りのシャボンで洗う

舅とう夫の父とは擬制なる父にて義父ゆえ父にはあらず

姑の受け皿として二十年溢れしものを何処に捨てん

小春日の朝よりひと日陽にあてし義父の布団をビシバシ叩く

幼き日抱かれしこともなき子らが義父の介護を手伝いくるる

ふるさとの春一番のくきたちの菜を見つけたり那覇のデパートに

正当事由

海に入る夕陽あかあかわが家の玻璃にまどかな形を映す

天気図に台風情報見るよりも先に知り得る感覚育つ

防音のサッシとなりて風音の低くあれども樹の揺れ激し

行き先を迷いあぐねて止まれる夏台風は緩慢怠惰

強風に押さるるドアを開けたれば瞬時に飛び込む木の葉も虫も

訃報告げ「来なくていいよ」と遠く住む会津のうからわれを気遣う

発つ前に帰る日約し末の子の不安を消してタクシーに乗る

島を出る正当事由のひとつとし冠婚葬祭は出席と決む

夢の中迷子の息子を置き去りのままに覚めたり子の部屋覗く

枝炭の燃えがら火箸に挟みつつ亡き人思う母よ伯母よと

ガラス戸に映る守宮の交合を見る子を見つむ　洗う手休め

西方に残れる月のかそかなりあるか無きかの危うさに浮く

ブーゲンビレア

舅姑《ちちはは》にかまくるが子の病む因と指摘を受けて眼を落とす

子を守る親となるよう諭されぬブーゲンビレアの揺るる窓ぎわ

少年は帰れと言わず帰るなと言わずベッドに穏しくおりぬ

うらうらと子の病室にまどろめばいつしか壁がたそがれており

怒鳴り合う舅姑《ちちはは》まえにさり気なき子の挨拶は救いのごとし

仲裁と言うにあらずも子がふいにことばをかけて諍いの止む

腹の立つ時はコップを叩きつけ割ればスカッとすると言う義母

身はひとつされど義母よりお下がりのオーバー五着を如何に収めん

姑の生き来し様のまざまざと経済大国日本に似たり

嫁われに下げる着物の積まれあり遊び飽きたる玩具のごとく

欲望のままにひらひら見よがしに着物や帯を義母はまた買う

焼香

上腕骨上顆炎とう左腕かばいながらも二人の介護

看取りつつふと甦る数々の理不尽なりし義父母の仕打ち

「されたからして返すとは思うなよ」祖母の言葉のしきりに浮かぶ

われに秘めわれの名使い長期ローン組みたる義母はあっけらかんと

われの名のローンの住所は那覇市安謝《あじゃ》われのなりすましさせられし人よ

われの行く時間に合わせ息絶えし義父穏やかに眠るがごとし

弔問の客に焼香のやり直し命ずる義母の非そっと詫びたり

姑の失言詫びて心重し詫びざるもまた共犯に似つ

「忍耐」

義父が逝き上京する子がまたひとりこの年の春寂しかるらん

幼児の母に纏わるさまに似て姑われの後先につく

橋田壽賀子のドラマ以上の姑と友のなぐさめわれを支え来

しつこいとわれを言う夫前向きに我慢強いと言い換えるべし

野口英世生まれし里に育ち来て「忍耐」の文字われに親しき

大雪《たいせつ》のきょうふるさとはおおゆきに磐越道はチェーン走行と

厨辺に義母の話を聞きおれば東シナ海残照に満つ

許せても忘れられない仕打ちあり戦争責任に似ると思いぬ

父よりの電話はいつも姑を労れと言う言葉で終わる

義父逝きて鯉死に絶えし庭の池おたまじゃくしの住処となれり

緋寒桜

ほつほつと緋寒桜《さくら》咲き初め水仙もひらきさ庭に寒の華やぎ

半開に俯き咲けるさくら花彩《いろ》を除けばわれに似るかも

低温を経てこそ美《は》しき花つけん耐えてもみよと試されており

まちまちに開花し色の差も大き島のさくらは個性の強し

華やかな色にはあれど島に咲く緋寒桜は咲ききらず散る

咲ききらぬ花を良しとすいつの日か咲こう咲こうと思う情念《こころ》を

普天間の基地が返還《かえ》らばわが家より海見えずなることの必定

かさこそとわれの物干す傍らに動くヤドカリ何処へ行くのか

島住みの暮しは哀し出ずることなかりし日々は客を待ちいき

昨日今日カーニバルとう基地内に入ればわが家の方角分からず

道ひとつ隔てて異郷の基地の中芝生の青の広く眩しも

軍用ヘリの中の造作簡潔に兵士も荷なるひとつと思う

亀甲の墓にやさしき夕つ光《かげ》基地も毒蛇も引き受けており

沖縄の真意

とっぷりと暮れてさびしいふるさとの無人の駅に降りしは四人
ふるさとの駅にはあれど降りし人ただひとりとて知る人ぞなき

旅にありて沖縄と言えばそこここで知事のごとくに励まされおり

「本当のところはどうか」と沖縄の真意訊かるる訪う先々に

基地はあるより無い方が金は無いよりある方が良しと応える

介護とはするもさるるも恥ずかしく気まずくあれどする方が良し

弟の打つ蕎麦の味父を越ゆ当主としての矜持備えて

久々に参りし母の奥津城の緑陰のなか父は草引く

母逝きし後の年月父の身に早きか遅きか十二年過ぐ

侘助

告知せぬことを選びて演技者となりたる家族あるいは義母も

夫さえも言えざることをひょいと来てやすやすと言う孫なる吾子が

この茶室師の義母の席空けしまま義母の意思なる稽古続ける

告げずとも病名いつかは知られんと一日一日薄氷を踏む

腹水の溜まり溜まりて産み月の女のような義母の寝姿

小夏日《なつぐぁー》の陽を背に受けて姑の寝息安らぐ小半時あまり

離れ住む子ら姑に励ましの手紙書き来るほどに育ちぬ

茶花にと植えし侘助この冬はあまたの蕾つけて春待つ

侘助はやがて年越し花つけん義母には来ざる新しき年

四年前舅の看取りを手伝いし娘は手際よく襁褓を替える

親思う気持ちは同じ娘はわれを気遣いながら介護手伝う

平和の礎《いしじ》

短すぎず長過ぎもせず半年の看取りののちに義母身罷りぬ

たれかれによくやったねと褒められてかえらぬ歳月よぎり行くなり

姑を知る人集えば次々に話の尽きぬは喜ぶべきや

義母逝きて母屋の庭の藪椿までもが多《さわ》に花をつけたり

ふるさとの大雪情報聞きながらカークーラーのスイッチ入れる

兵たりし父の望みで共に来つ南部戦跡、平和の礎《いしじ》

刻まれし幼馴染みの名の下に暫し動かぬ父の後姿《うしろで》

追われ来て飛び込みしとう海なれど穏やかにして清明《しーみー》に入る

再来を約して海と海軍壕案内せずに父を帰しぬ

襟立てて後姿《うしろで》のまま右手上げ息子もついに雑踏の中

われの子も時代を映すか女子《おみなご》は逞しゅうして男子《おのこ》は優し

追悼茶会

やすやすと夢にまで出で姑は灰形の不出来指差して消ゆ

幾度もわが夢にきて姑は茶道教室気にかかるらし

開炉なるきょうは茶人の正月と義母の口癖われもしており

手落ちなく体も厭い準備せよと義母の師である花城先生

どしゃ降りの追悼茶会は母らしと夫言い出せば会話の和む

姑の厳しかりしを正客の言い出したるにことば詰まりぬ

横物の「夢」を掲げて点前する亭主も客もやがてまた夢

忘れたきことの数多を拭い去るごとく浄めし「謝恩」の茶杓

茶会終え阿弥陀堂釜底洗い持ち上げたれば鳴金《なりがね》の落つ

命終の間近き日々に言われたる「茶を継ぐように」の言葉重たし

第二部　おもあい

真珠婚

黄砂降るけさの残月淡くして夢の続きのようなかそけさ

紗を纏うごとき月あり断ち切れぬ思いひとつを引きずりおれば

白鳥の羽の座帚美しく畳の上を滑る音聞く

稽古終えわがためにのみ炭を継ぎやがて教えん点前を復習う

逝きてなおわれの生き方左右する義母の残ししもろもろのもの

桔梗《きちこう》の花の膨らみ確かめて午後の稽古の花積もりせり

落ちそうな柄杓の先の一滴待つがよろしき数秒となし

ひとしずくもう一滴落ち行くを見届けてから釜蓋閉めん

口伝なる手前のメモはわれ憎む言葉とともにまとめられあり

茶の道を継ぎて欲しくも憎しみも告げねばならぬことでありしか

贅極め奔放なりし姑の残ししものにやどるさびしさ

望むことおおかた射程距離となり真珠婚のきょう居酒屋もよし

伸ばす手を握る人ある幸せに足らえるわれとなりにけるかも

平《ひら》御《う》香《こう》

定年をひと月後《のち》に控えたる重《しげ》さん会社に寝ねしまま逝く

自らの死を受け入れず魂が会社の中に居るとユタ言う

会社にて逝きたることを詫ぶるゆえ平《ひら》御《う》香《こう》燃えぬとユタが指さす

「いいのよ」とわれ声に出し言いたれば香は燃えゆく忽ちのうち

金色の光の春を揺らしつつこがねのうぜんひらひらと咲く

重《しげ》さんが会社の空き地に植えし花紫蘭、白百合芽吹き始める

人間の残飯あさる鳩数羽なかの一羽の足萎えており

冷房のいらぬ短き季節《とき》の間を窓開けおれば爆音入り来

「契り草」

婿となる人を迎える日の茶室「契り草」とう菊の棗を

耐え抜きて得る幸せもあることを嫁ぐ日近き娘に告げやらん

嫁ぐ娘の衣装合わせに上京の半日するりと私時間

月白く淡くありしをプラチナに輝くまでを機上に見おり

「不確かな永久の愛など誓えぬ」を誠実と受け止めし若き日

白無垢の娘の傍らに立つわれの髪に鼈甲の母のかんざし

娘を送り戻りし庭に満開の緋寒桜の華やぎ寂し

義父の手記

沖縄に来たわけ話すと言いながら逝きたる義父は手記にて残す

戦争に生き延びしことの罰として愛する人を義父は棄て来し

義父の手記救いはひとつわが夫の生まれし朝の喜び記す

義父の手記全てを読みしはわれひとり夫も子どもも見ざるままあり

一冊の手記残ししはわがためか舅の詫びの証のごとし

月桃の花房の下早乙女の素足の美《は》しき絵のある茶房

着信を受けたるごとく席を立ち戻りて退出の口実となす

ゆったりと鳳凰木の羽の下僧も汗拭く夏の日盛り

夜に咲くさわふじ日暮れに訪えば花はやさしき膨らみをもつ

幾度も歌に詠み来し木麻黄《もくまおう》伐り倒されて空のひろごる

この島に初めて着きしその日より見守るごとく立ちいし大樹

棘多きブーゲンビレア伐りし宵指先疼く　木も呻くらん

見慣れたる南の島の冬景色金の穂すすき銀のきびの穂

基地内に有刺鉄線《フェンス》隔ててジョギングの若きとわれとどちらが檻か

茶事の膳

沖縄の小手毬小さく花の嵩少なく咲きて茶花に相応う

道向こうあの花がよしあの黄なる傾げたるさま茶花によろし

ようやくに咲きたる花の一枝を茶席のためにきょうは手折らん

客ひとり桔梗模様の着物にて山路籠には河原撫子

今年またこれが最後と書き添えて父より届く山独活香る

父摘みし笹子《ささご》、ぜんまいわが茶事の膳を彩る一部となりぬ

来年も届くだろうか父よりのきゃらぶきじっくり味わって食む

点前中わが指先にとまる蚊は払えぬことを知るかのごとく

これでもかこれでもかという道具組み客疲れさすことを知りたり

色気あるものはひとつに足るものと先人の声に今は諾う

あくがれし歌を詠み込む七事式墨を磨りつつわが番を待つ

姑の残しし庵に松風を絶やさぬようにきょうも励まん

若太陽《わかてぃだ》

台風の目の中静かと教わりき体験するなど思わざりしに

台風に椰子十本が倒されて残る一本大きく撓う

強風に煽らるるたびショートして火花を散らす電線が見ゆ

台風に抗わずして葉のすべて落としし梯梧の十日後　緑陰

雑踏を逃れて来たる慶佐次湾《げさしわん》十月最中蟬しぐれ降る

脱ぎ置きし上着にアイロン掛けながらきょうの記憶を丁寧に消す

夏の日は陽を避け冬は陽だまりを選りつつおばあのゆんたく《おしゃべり》はずむ

師としての義母の座りしその場所を未だ空けおくわれのこだわり

尉《じょう》落とし炭継ぎ待つも来ぬからに口伝の手前ふたつ復習いぬ

冬の日の早暁なればくらぐらとまだ鈍色に海はしずもる

中城湾見下ろす場所に昇る陽を刻々変わる雲と待ちおり

地球《テラ》と宙《そら》分かつあたりか細き緋の洩るるところが若太陽《わかてぃだ》の位置

若太陽をおろがみ下る道の辺に石蕗の花輝きを増す

内地なら雪の点前にもてなすを花点前する沖縄二月

きょう床に据えたき花の一輪が有刺鉄線の向こうに咲けり

蔵座敷

山里も減反すすみぼうぼうと田毎の月もとおきまぼろし

梅、辛夷、水仙、桜、チューリップいちどきに咲く会津の春は

廃屋と見えし家にも連休は灯りがついて人の声する

雨降ればあのたらの芽が食べ頃と止むを待てない　母に似てきた

われ採らず残しおくとも誰か来てすぐ摘まるると思い手を出す

残雪の磐梯山のあのあたり母の生家に久しく行かず

祖母居りし母の生家の蔵座敷今もあるのか不意に懐かし

錦鯉泳ぐ大きな池の水くりやを抜けて田へと流れき

春の香の口中に満つふるさとに今朝採りたてのこしあぶら食ぶ

「何事かあって上京したのか」と日に幾度も父は問うなり

母縫いし数多の雑巾ストレスの解消法のひとつかも知れず

振り払う思いの数だけ縫い上げし母の雑巾千枚を超す

今に残る雑巾寄付の感謝状母の越えたる苦難の数か

征く時に父も母呼びこの蔵に抱きしむることありやなしやと

会うたびに次ぎあることを祈りつつ「またな」とかるく父が手を振る

湿し灰

われ伐りしブーゲンビレアの切り株ににょきにょきにょきと木耳の生ゆ

鬼太郎のおばけ仲間と思うほど大き木耳雨にひかりぬ

来ん冬の炉に撒くための灰広げ真夏の日向に番茶かけおり

あと少し乾けば仕上がる湿し灰馬の背分くる夕立にあう

この冬に使用見込みの湿し灰篩にかける土用のうちに

きょう一日為すべき数多選るほどにあるゆたかさを喜びとせん

客人を迎えるごとく台風の来るまえ庭の草刈り終えぬ

枝落とす樹々に習いてわが家も門扉を開く台風前夜

台風といえどもかつては出掛けたる夫が一日屋内に籠る

二日間暴風域の中にあり怠惰な時間二日も賜う

いつまでも寝たいと思うは死にたいと同じと言いし祖母の顕ちくる

受け入れし憂さを掃き出すようにして朝の酒房の扉全開

電話ボックス

基地内に出入り自由は軍人と鳥、ハブ、蝶とセンダン草と

わが家は軍用機飛ぶ真下なり怯えつつ今二人が残る

気になれど夫干しくれしものなれば伸ばさず触らず乾くまで待つ

釣銭をためては掛けし長距離の電話はいつも九時過ぎなりき

泣きながら子を背に義叔母に掛けていた電話ボックス今はもうなし

波瀾なき人生よりは良からんか過ぐればドラマ演じたように

耐えて来し年月よりもこれからの日々短しと励まされたり

苛立ちを静めきれずに来し人をさあさあさあとまずは茶室へ

菓子勧め一服点てる時の間を話聞きつつ相槌を打つ

口中の有平溶けてゆくころに薄茶ほどよくわがたなごころ

富士

いすの木の梢の中より湧き上がる雀の声は朝を告げおり

摂氏十度の寒さに耐えておるらしく梢に鳥は鳴かず鎮もる

寒き日も三日続けば慣れてきてまた鳴き声の沸き立つ梢

雪国の友へと送るたんかんに庭の緋寒桜《さくら》の一枝を加う

朝の海光を返す日々となり春の近づく気配に満てり

びっしりと書かれし友のはがきあり昭和四十年五円でありき

合宿の炊事当番豪快に友のちぎりし豆腐のみそ汁

コンサート、映画もデモも飲むことも教えてくれし友は逝きたり

誘われし映画は『8　1／2』イタリア政治史研究の友に

三十年ぶりの邂逅　学会のついでと茶室で会いしが最後

幸せとはきのうと同じきょうの来てきょうとおんなじ明日の来ること

長女住む十一階より見る富士は遥かかなたに小さくかすむ

気になりし箸の持ち方直したる人と結婚しますと次女は

次女の住む函南町より見る富士は高く大きく美しくあり

二人子は遠くと近くそれぞれに富士を見ながら過ぎ行くらんか

利休忌

摺り足の音の乱れを指摘さる心の迷い足に出にけり

遺言を守り続けて迎えたるきょうの利休忌義母に見せたし

利休忌のきょうの薄器は菊なれど菊とは言わず「隠逸花《いんいつか》」という

夫も子も水屋に茶筅振りながらわれを支えて茶会終わりぬ

衝立を隔てて夫は聞きしとう主客の会話はずみおりしを

利休像前の線香絶やさずに義母が席主の茶会もありき

離島苦《しまちゃび》

橋なくば訪うこともなき古宇利島わずかな農地にアロエが多し

海原を二分けにして延ぶる橋左右のわたつみ彩《いろ》を違えて

橋のなき日々は戸締りすることもなかりしと聞く古宇利島はや

離島苦《しまちゃび》を克服したる古宇利島病気の時の不安減りしと

伊江島は塔頭よりも百合よりも砲弾の痕まぶたに残る

払いたき雑念ありて刈る草と庭あることに感謝のひと日

牧水も断酒に苦しみ庭草を引きしと聞きて更に親しく

匍匐して拡がる草と思いしが雨の日続き立ち上がり伸ぶ

若葉風

「降らずとも傘の用意」に傘いくつ献茶に相応う色も選りつつ

前日の大雨まるでうそのよう摩文仁の丘に吹く若葉風

鎮魂の一碗捧げまた一碗平和のためにときょうの献茶は

純白の帛紗を捌く大宗匠指ゆるらかに神の手のごと

姑の買いし道具のかずかずが大宗匠の手に浄めらる

賜りし茶を点て供えわれも喫むしずかなる時たゆたう夕べ

ごみ拾い

健康に歩けることに感謝してごみ拾い行く祖父《おおちち》もせし

街中のごみ拾い行くそれだけで人の見え来る不思議を体験

ごみの日の収集場所に溢れたるごみのいくつか誰も拾わず

ルール無視にごみ捨つる人ひとりありて次から次へと始まる投棄

バスを待ち地べたにへたりメール打つ少年の前ごみを拾いぬ

脚組んでベンチに憩う人の下拾う行為は責むるに似たり

持ち主に直接届けし拾い物免許証、保険証、携帯電話

挨拶を返す一人もおらざるきょう笑顔少なきわれにあらずや

「おはよう」と声をかけてもだんまりの無視する子らの無事こそ祈れ

校門の前に置かれし片方の運動靴に心残れり

植込みの中へ襁褓を捨つる人幼児虐待ふと思うなり

子を待ちてつい一服をせし場所か校門前の数多の吸殻

吸い終えてどこへ捨つるか気にかかる前行く人のたばこの行方

朝あさに挨拶交わしし数人がいついつとなく入れ替わりたり

公園にごみ拾う人を手伝えば「気を遣わせてしまったわねえ」と

沖縄方言

日常の会話の中に聞くことば「わが刀自《わったーとぅじ》」は沖縄方言

「下さい」と言わず強引に「もらおうね」「あげる」と言うかどうかは不問

誘われているかと思えばさにあらず「帰りましょうね」は「私帰ります」

朝刊に死亡広告「ウト」二人ひとりは百三歳《ひゃくさん》ひとりは百五歳《ひゃくご》

大声で泣く子をさとす戦世《いくさゆ》に泣く子はすぐに棄てられしこと

戦世を知らぬ若者おさな児に迷彩服を着せて朗らに

迷っても迷ってもすぐ海に出る島の広さはわれに程よし

披露宴の余興にまでも駆り出され沖縄嫁と認められ来ぬ

弁当二つ

太平洋、東シナ海左右に見て日の出を待ちぬ夫とふたりで

元日の朝の光に照らさるるものみな美《は》しく見えし日とおし

七回忌終えてようやく姑のすわりし位置にわれの座すなり

ないよりはある方が良い金なるもありて不幸な人も見て来ぬ

パソコンの前にうたた寝する夫の眼鏡をはずし傍らに置く

寒さ来てようやく蕾ふくらみぬ緋寒桜はこれから咲きます

検針の帰りにケータイ高く上げ緋寒桜を撮る人が見ゆ

実生より芽吹きし小さきさくらの木草刈りのたび抜くをためらう

同じ日に刈りたるものの種によりて伸びに遅速のある庭の草

始業時の二時間前に出勤の夫に持たせる弁当二つ

夫とわれ会社と自宅二十キロ隔てて食ぶる朝の食事を

最長老

喧騒を離れて来たる山原路《やんばるじ》オフホワイトの伊集《いじゅ》に安らぐ

雨期近きダム湖のほとり佇みて霧の生まれて消ゆるまで見つ

ふさぐ日は鬱という字を塗りつぶすように屋内を拭き清め行く

約束の人は来たらず午後に入り予報通りの雨が降り出す

自らの吐き出す糸に自らを包みて休むきょう一日は

わが刈りし続き刈る人現れてなにやら楽し歩道の草刈り

母逝きて二十年経ち集落の最長老となりたると父

夢にさえ会わざりし母二十年目の命日を過ぎ出会うたびたび

耳しいて父は電話を厭うらし手紙を書こう毎週書こう

「おれ元気」と毎日はがき書きしとう渥美清の母への便り

生れ出てまだ二時間の児の写真メールに届くわがケータイに

みどり児をそっと覗けば肩越しに妣《はは》のまなざし感ずる夕べ

児を守る親となりたるわが娘「手洗い、うがい済ませて下さい」

次女夫婦つましく暮しおるらしく店々に出すポイントカード

実験の続きのように離乳食作る娘は薬品検査係り

わが家の古酒《くーす》

つくばいに目白、野良猫来て遊ぶ　掃除を終えて薄茶一服

寒き日は日がな一日おるらしく外腰掛に猫の跡あり

自らは手を汚さずに姑はまだまだまだと掃除に厳しく

清め過ぎはこれ見よがしで良くないと無何有の風情に為せと言われき

上出来と言えないまでも満足度中くらいなりきょうの出来映え

白丁花《はくちょうげ》の小さき花の散りたるも客待つ姿　床《とこ》にそのまま

廂間《ひあわい》の大甕の中あわもりはときどきわれに揺られては寝ぬ

わが家と茶室の廂間どっしりと十数年を過ぐす大甕

歌に詠み茶室に招き存在の知れ渡りたるわが家の古酒《くーす》

大甕が月日とともに飲みて来し量確かめて新酒おぎなう

摩文仁《まぶに》に集う

黄砂降る朝の太陽まどかなるオレンジ色の裸身を見せぬ

ひらひらと風あそばせて舞うごとく歌うがごとく揺るるイペーは

基地を詠むわが歌多くは誤植にて墓地とあるのを直さずに来つ

梯梧散る庭見るたびに桃原邑子の一首が浮かび血しぶきに見ゆ

雨に濡れ咲く伊集《いじゅ》の花車窓より見て過ぐるのみ香も楽しまず

本土復帰記念碑の建つ辺戸岬鬼アザミ咲く五月の三日

安須森《あすもり》の聖地に立ちて見る海の彼方にけぶるを祖国と言いき

縁ありて島に暮らせる同郷人墓守として摩文仁に集う

残さんと整備されたる壕跡はガラス隔てて作り物めく

この指にいくつの鶴を折り来しかそれらの鶴の行く末を見ず

おもあい

母よりも夢によく顕つ姑は思い残ししことの多きか

口伝なる点前教えず逝きたるを悔いてか義母は夢によく顕つ

居間に置く目覚まし時計が鳴っているさあさあ起きてここまでおいで

家にある六個の時計それぞれに遅速のありて家族のごとし

亜熱帯の島の花々原色に近きは心静かにさせず

きのう咲ききょう萎えている花のそば明日咲く蕾ふくらんでおり

点前より正客ぶりを学ばんと来る人のため設《しつら》い苦心す

稽古終え最後の弟子の帰るころ宗旦木槿花を閉ざせり

弟子たちの帰りしあとに夫と喫む薄茶たっぷりおもあいとせん

片付けは明日にすればと声をかけ夫はつぎつぎ灯り消し行く

しぶき氷

柴栗の渋皮までも剝きあげて父より届くふるさとの秋

この一年曾孫四人得老い父は「いつでもいいぞ」と母の遺影に

寒に入り猪苗代湖のしぶき氷テレビや新聞にぎわしており

湖《うみ》わたる西風つくる造形美しぶき氷が一面に載る

父親に「誰か」と問わるるさびしさをわれも知りたり如月尽に

彼岸より母も手招きするらんか名を呼ぶ人は亡き人ばかり

病院に付き添うものの一度とて排泄の世話させず父逝く

母逝きて二十二年目命終を知りたるごとく父振舞いき

一歳の幼四人が集まりて喪の家なれど笑い声して

両腕に曾孫を抱え笑む父の最後の写真に人ら和めり

何書くということもなく花が咲き鳥が鳴いたと父への便り

毎週と心に決めて続けたる父への便り終わりとなりぬ

約束を交わししごとく父逝きぬ母の二十三回忌の春に

親という最後のひとりの卒寿なる父を見送り子を卒業す

形見にと机の上の観音経、般若心経もらいて帰る

納骨式

蕗の祖父《じい》蕗の姑ふきのとう摘む父在わさぬ三月の尽

茶事のため最後のひとつは取り置かん父の作りし蕗のかんづめ

去年の春父が作りし野の蕗のかんづめこれが最後となりぬ

母逝きし歳にはいまだ間のあれどわが梳く髪の母より薄し

母縫いし野良着を父は捨てきれず帰省の度に繕いさせき

医療過誤に逝きたる母の歌声の残るテープを今なお聞けず

父にさえ会えず夭折せし兄が母より先に彫られたる墓誌

雲ひとつなき春の日の納骨式父の生き方示すがごとし

二季鳥《にきどり》

風紋のある砂浜のような雲宙《そら》にも海のあるかのごとく

二番目の孫《うまご》は男夫に似るひとつを見つく足の指《および》に

泣くたびに孫のベッドを覗く夫孫より先に夫の顔見る

孫を抱く写真の夫に老斑の見えて確たるおじいさんなり

幼来て夫の帰宅の早くなり主婦業さらに繁忙の日々

連れ合いと幼つれたる娘来て帰ればふたりの腑抜けが残る

来てうれし帰ってさびしい鳥ならん二季鳥と似る孫《うまご》というは

思い出に楽しきことのなき人か卒業文集捨てて行きしは

ボランティア始めし頃は捨つる人を責めつつごみを拾い集めき

ありがたいことと思いてごみ拾う街は輝くように見えくる

草を引く庭にバサッと一葉と言うには大き椰子の葉の落つ

本開き居眠りばかりしておりぬ草刈り枝打ち終えて座れば

あとがき

歌集『おもあい』は私の初めての歌集です。濃茶は一碗を三人から五人ほどで喫み廻しをしますが、薄茶は普通、ひとり一碗です。一碗の薄茶を二人か三人で分け合って喫むことがあります。これが「おもあい」です。

この歌集には、母が亡くなる直前から、舅、姑、父と次々に鬼籍に入り、二人目の孫が生まれるまでの二十三年間（一九八七〜二〇一〇）の作品を収めました。母が亡くなる直前からというのは、母は毎日欠かさずに日記を付けていましたので、母の意識がなくなってからの日々を私が代わりに書こうとして、それが短歌を詠み始めるきっかけになったからです。

私たちは一九七〇年に東京で結婚し、本土復帰の翌年の一九七三年四月に、夫が先に両親の家に戻りました。私は実家で産んだ九十九日目の長女を連れ、九月に沖縄のこの地に来ました。結婚当初、夫は沖縄には戻らないということで、東京に家も求めましたが、舅から事業を継いでほしいと言われて帰郷しました。東京の家はそのままに私の弟に頼み、親子三人居候のような同居となりました。

姑に初めて会った日から、その言動の異常さには気付いていたのですが、私の母も舅姑、小姑と大勢の家族のなかでやってきたことを思うと、私にできないことはないと、自分に言い聞かせました。

同居と同時に、家事の一切合切が私の仕事になりました。両親の寝室の準備はもちろん、繕い物から、姑の半襟、茶道で使う小茶巾を洗うのまで。アイロンがけはストッキングまで余熱で掛けろと言われました。

両親が起床する頃、夫はとうに会社に出勤していました。両親が朝起きてから、会社に出かけるまでの二時間位の間にどれほど叱られてきたことか。三、四分に一回は怒鳴られ、私は自分が心の病気だと思いました。両親には言えませんでしたが、祖母に相談したところ、「毎日、叱られる回数を数えて、前の日より少なくなるように努力してごらん」と助言されました（それで何分ごとに叱られたかがわかるのですが）。

二人目の子を産むため、私が実家に帰っている間に、私には何の相談もなく、同じ敷地に家の建築が始まっていました。

一九七六年末に私たち家族は離れに移り、姑は空いた日本間で茶道を教えるようになりました。家は別になっても、家事はこれまでと同じで、お茶の稽古の時はなおさら、掃除に始まり、準備、片付けをしなければなりませんでしたので、私も茶道を勉強することにしました。

もちろん私の稽古は後回しで、準備、片付け、子連れで稽古に来た人の子守りなどに忙しく追われ、薄茶点前が出来るようになるまで、三年かかりました。それでも、姑に月謝も御礼もしっかり払ってきたことは、私の気持ちを楽にしてくれました。姑が私には「教えずに教える」と考えていたとはとても思えませんでしたが、何をしても「駄目、駄目」と言って叱られ、その度に書店に行っては必要な本を買って勉強しました。姑の先生でもあり、姑の亡きあと教えていただいた花城宗貞先生も、先輩の先生方も、わからないことがあると「調べてきてね」とおっしゃって、私はほかの人よりたくさんのことを勉強させていただきました。

母屋には稽古場とは別に、四畳半の茶室がありましたが、一九九一年に同じ敷地に別棟の茶室を建て、裏千家の現・鵬雲斎大宗匠が十五代のお家元でいらっしゃった時代に「松栄庵」と庵号をいただきました。

実は姑が教えていた二十三年間に、五人でする花月の式の稽古を三回しかしたことがありません。それだけ習いに来る人がいなかったのです。バブルの時期でしたので、習いたいという人はたくさん見えました。ところが、私が怒鳴られているところを見て驚かれたり、ご自分が注意されたりして、一回で来なくなる人が半分。弟子が十人いたことはありません。そのうち姑は、指導者会の役員になり、私が代稽古をするようになりましたが、その当時は満足に平点前も出来ず、料理や着付けを教えてしのぎました。以前から、時間を見つけては美術館、博物館を巡り、能などを鑑賞していたことや、短歌を始めたことも役に立ちました。道具はありましたので、その由来や技法を教える前に、一つひとつ調べました。稽古に来てくださった方が、来てよかったと思って帰ってもらえるよう勉強に努めました。

ドラマのようですが、姑は私を憎む日記を綴り、そして舅は生い立ちを書いた手記を残しておりました。姑の異常な言動に舅が気付かなかったはずはありません。舅の手記から、あの戦争があったから、戦争で生きて還ってきたから、部下を死なせてしまって自分だけ幸せにはなれないと思うがゆえの選択だったことがわかりました。

姑が亡くなって十年以上経ってから、ご縁をいただき、カウンセリングを受けました。姑の日記を見せたところ、先生は「自己愛性人格障害でしょう」と言われ、さらに、この日記は私に宛てたものとおっしゃいました。というのは、あとで書き加えたのでしょうか、一頁目に「黒いバッグの宝石はそのまま全部、娘に渡してください」と遺言のように記されていたからです。

「お茶を継いでね」と言いながら、「死ぬ前に道具全部を売り払ってやりたい」と書き綴っていた姑。私は姑を看取ってから長くこの文言に苦しんできたのですが、よくよく考えてみれば、「道具全部を売って、娘にお金を渡してください」と書くこともできたはずです。そうしなかったことは、私への「ありがとう」だったのだと、歌集をまとめながらようやく気付きました。

茶室とともに道具も残され、今このように私は茶道を教え、「松栄庵」を守っています。不思議な縁で昔日が今日にまでつながっていることを思わされ、感謝の日々です。

この歌集は本来なら、短歌に導いて下さった故・荻原欣子先生がお元気な間にまとめるべきでしたが、今になってしまいました。ポトナム短歌会の先生方や歌友、花城宗貞先生はじめ裏千家淡交会のみなさま、カウンセリングをしてくださった矢野惣一先生、先生とのご縁をつないでくださった家庭倫理の会のTさん、短歌をやめよと言わなかった夫と子どもたち、そして私を支えてくださった多くのみなさまに心より感謝申し上げます。

この度の出版にあたり、真野少編集長をはじめ現代短歌社のみなさまには多大なご配慮をいただき、ありがとうございました。

二〇二一年八月吉日

中村ヨリ子

ポトナム叢書五三二篇

歌集　おもあい

二〇二一年九月二十八日　第一刷発行

著者　中村　ヨリ子
発行人　真野　少
発行所　現代短歌社
〒六〇四-八二一二
京都市中京区六角町三五七-四
三本木書院内
電話　〇七五-二五六-八八七二

装丁　田宮俊和
印刷　創栄図書印刷
定価　二七五〇円（税込）

ISBN978-4-86534-371-7 C0092 ¥2500E